MOEDOR DE CARNE

EDUARDO LISBOA

para Antônio
Cláudia
Alice
e Carolina

Isso é você.
Aquilo é quem você ama.
Esse é o Steven.

Sumário

Dormir Cedo 13
Escada 14
Samambaia 16
Tarde no Sítio 18
Cadeia 20
Piscina 22
Mármore 26
Cabelo 27
Chá de Fita 28
Papel Reciclado 29
Performance 1 31
Pedra no Ônibus 32
Pirâmide 33
Faxina 34
Bolinhas 36
Caneca 40
Francês 41
Nostalgia 42
Incêndio 45
Escoteiro 46
Máquina de Chiclete 47
Provador 48

Turbulência 50
Dominação 54
Saída 56
Pedra dos Suicídios 57
Coração de Boi 58
Furacão 59
Insônia 60
Moedor de Carne 64
Gravidade 66
Leitor Voraz 67
Garrafas com Concreto. 68
Nasceu Miranda 72
Logística 73
Pernas Corrompidas 74
Banheiro. 75
Torre 76
Adivinha 78
Osso. 79
Piñata. 81
Jogo 82
Chave Quebrada 83
Peras 84

Túnel 87
Exercício 88
Paranoia 90
Água Fervendo 91
Casal 92
Cerâmica 94
Ponte 98
Volta 99
Espelho 101
Cristais 102
Lâmpadas 103
Piano 104
Areia Movediça 106
Neon 108
Almofadas 109
Fim de Ano 110
Rei 112
Barquinhos de Papel 114
Raio-X 115
Dor 116

Dormir Cedo

Resolvi que era por falta de dormir. Não tinha tempo para que fosse qualquer outra coisa.
Esperei dar oito horas da noite e deitei na cama. Já estava preparado há uns vinte minutos.
Pensei um pouco sobre os pais que colocam os filhos para dormir cedo. Depois sobre as pessoas que dormem cedo em fazendas.
Percorri todo o meu corpo desativando cada parte e dormi.

Escada

O meu apartamento é alugado. Janelas grandes, todo branco com piso de taco. Dois quartos, mas moro sozinho. Dividia com um amigo que se mudou quando a irmã veio. O prédio é antigo e fica numa esquina. Sete andares, quatro apartamentos por andar. Não tem porteiro, mas tem um síndico que funciona como um. Ele mora no térreo e aos sábados limpa os halls e a escada. Acordei por volta das nove no sábado. Levantei, fiz uma torrada e um café com leite. Fui para a sala, abri a janela e sentei no sofá.
Espuma entrava por debaixo da porta.
Abri a porta e pisei descalço na espuma.
Era morna.
Fechei a porta atrás de mim e fiquei olhando a espuma descer pela escada.
Encostei na porta e deslizei até sentar na espuma. Com a cabeça, fui me afastando da porta até deitar na espuma. Deslizei até a escada.
Moro no quarto andar e fui assim até o térreo.

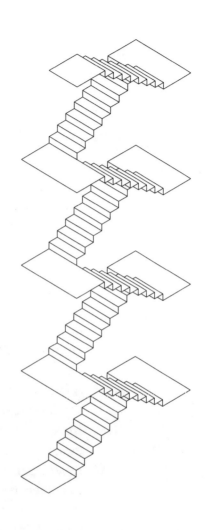

Samambaia

Ela chegou em casa um pouco antes do almoço com uma planta no banco da frente.
Chama caideira, não é uma samambaia.
Durante a faculdade trabalhei como seu estagiário. Hoje vim para traduzir um artigo.
Ela desceu do carro e pediu que eu a ajudasse a descarregar a planta. Tirei e coloquei em cima de uma cadeira. As gatas juntaram em volta. Ela comprou naquelas bancas ao longo do muro do cemitério. Disse que passou e lembrou de quando eu disse que queria ter plantas.
Me demonstrei agradecido e fomos almoçar.
No almoço ela me contou sobre um filme que assistiu ontem e que ainda não escreveu o que deveria para o curso de poesia. Deveria descrever um objeto de três formas. Primeiro sem emoção, depois somente com adjetivos e depois como se fosse o objeto.

No fim do dia ela me ofereceu uma carona até em casa que era caminho para a casa de sua mãe.
Fui com a planta no colo.
Me deixou em frente ao prédio e partiu.
Pendurei a planta em um gancho na parede perpendicular à janela. Fiquei com receio de fazer barulho com a furadeira mas ainda não eram dez.
Reguei, jantei e dormi.
No dia seguinte havia um menino embaixo da planta. As folhas cobriam seu rosto. Perguntei se precisava de alguma coisa e ele não respondeu. Coloquei um copo de água e uma maçã num banquinho ao seu lado e saí.
Voltei e ele continuava ali.
Me acostumei.
De tempos em tempos ele aponta para a planta me lembrando que devo regá-la.

Tarde no Sítio

Partimos para o sítio por volta das quatro. Era fora da cidade mas bem perto.
No carro eu disse que ela nunca esqueceria daquela vez que brigamos em frente de uma amiga. Ela disse que já nem lembrava.
Chegando lá buzinamos para o caseiro abrir o portão. Os cachorrinhos vieram nos receber. Dois animados e um indiferente. O indiferente era cinza.
Estacionamos perto dos pés de jaca e lembramos do cheiro que ficava na casa quando o vô enchia o freezer com gomos. A mãe riu e depois chorou um pouco.
Entramos na piscina maior e boiamos. A pequena estava com pouca água e um sapo morto.

O sol estava bom.
O caseiro foi cuidar das plantas do outro lado do rio. O pai já dava voltas na piscina para se secar. Saímos e fomos ver os jabutis que moravam atrás da casa. Demos uma manga para cada e fomos jogar bocha. A minha bola parou quase no centro da marcação. A dela nem chegou perto.
Rimos.
Sentamos em cadeiras brancas de metal perto de uma mesa combinando. Fiz um buraco na grama e enterramos os nossos pés juntos.
Tomamos suco de limão, falamos mal e conversamos sobre coisas que ela aprendia na faculdade. Ficamos ali esperando a hora de voltar para casa e sair para jantar.

Cadeia

Na terça completei um mês da minha pena de onze anos por ter matado um homem. Já nem lembro do rosto. A escolha foi aleatória mas acho que morava na vizinhança. Talvez tenha o visto alguma vez no mercado. Foi bem cedo com um golpe de madeira na cabeça enquanto esperávamos o sinal abrir para atravessarmos a rua. Avisei a minha irmã e sentei do lado até a polícia chegar. Estou me acostumando com a rotina da cadeia. Os horários são bons. Ainda não sinto a liberdade que tal restrição me traria mas tenho certeza que ela virá.

A luz entra nos ambientes de forma interessante e as pessoas são simpáticas.

Às vezes acordo de madrugada com a ideia de que não tranquei a porta do meu apartamento ou que esqueci o gás ligado depois de ferver a água do café.

Logo durmo.

Piscina

Há uma piscina pública onde oferecem aulas de natação.
No início você recebe uma cartela com vários espaços vazios e a cada trimestre pode receber uma etiqueta bordada, que é costurada na cartela comprovando que você adquiriu as habilidades daquela etapa. A primeira é amarela, a segunda laranja e as últimas são preta, cinza e branca.
Depois quem quiser pode fazer um curso para se certificar como salva-vidas.
Comecei com sete anos. Tive aula duas vezes por semana até receber a etiqueta preta e me tornar o mais novo da turma cinza.
O foco agora era fôlego e as aulas aconteciam na região mais funda da piscina.
Nos alongávamos primeiro.
O professor costumava sentar nas minhas costas tentando fazer com que eu tocasse os meus dedos dos pés.
Eu contava os dedos dos pés dele.

Na aula fazíamos exercícios de permanência embaixo da água. Deveríamos abraçar a ponta de uma barra que o professor afundava até tocar o fundo. Eu me soltava antes de chegar lá. Outro exercício era nadar crawl até a metade da piscina, dobrar o tronco para baixo formando noventa graus com as pernas, erguer as pernas colocando o corpo na vertical, afundar e pegar uma argola no fundo.
Nunca formei o ângulo. Nunca peguei a argola.
Os meus pais foram me ver no dia da prova final.
Sentaram na arquibancada.
Eu tremia de frio na fila esperando a minha vez.
Entrei na piscina, nadei até a metade, dobrei o corpo, girei. Me estiquei, afundei na diagonal e voltei à superfície.
Não passei.
Saí da piscina.
Minha mãe me deu uma toalha e o meu pai nos levou para comer pizza.

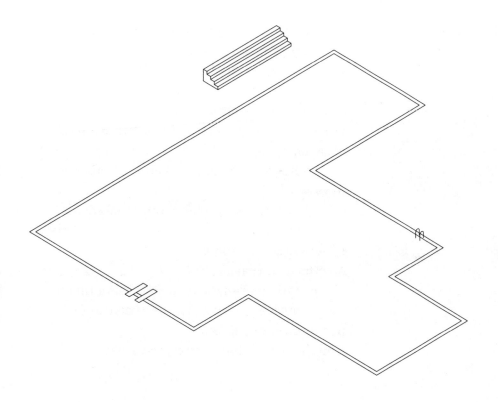

Mármore

Tomei dois cafés no saguão esperando o concerto começar.
O mármore da escada é parecido com o mármore da bancada onde aprendi a fazer bala de coco.
A massa fervendo é despejada nele e se fica puxando e torcendo.
O cheiro dura mais que o brilho e o quente.
Eu conheço aqueles dois.
Entrei na sala e sentei.
Os músicos entraram e se posicionaram.
As cadeiras dos violinistas ficaram vazias.
O maestro entrou com balões e amarrou um em cada uma dessas.
Li no folheto que a peça seria apresentada sem os violinos.
Os violinos seriam tocados em outra sala de concerto simultaneamente.
Lá seriam só os violinos.
A luz focou no palco.
O maestro cumprimentou a plateia, cumprimentou os músicos, abriu os braços e bateu as duas pedras que tinha na mão.
A mulher na minha frente começou a rir.

Cabelo

Raspei o meu cabelo pela segunda vez numa viagem no final da faculdade. A primeira foi quando entrei.
Por praticidade, nunca mais o usei grande.
Eu mesmo raspo com uma máquina que também faz a barba e apara os pelos do corpo.
O controlo em ciclos.
Raspo tudo com um pente baixo. Semanas depois raspo só as laterais com esse pente e faço a transição para o topo com pentes sequencialmente maiores. Semanas depois, quando preciso usar pomada para modelar a parte de cima, raspo tudo de novo.
O pezinho atrás normalmente fica torto. Às vezes alguém me ajuda com isso.

Chá de Fita

Passei na casa dele por volta das cinco da manhã para lhe devolver uma jaqueta que acabou de esquecer.
Ele já era pai, mas a mãe tinha mudado para outro lugar onde não cabia o bebê.
Uma bandeja de madeira estava na mesa de centro. Em cima havia uma chaleira com água quente, xícaras brancas e um prato com fitas k7.
Eu sentei numa cadeira e ele continuou pelado no sofá.
Ele encheu uma xícara com água, mergulhou uma fita e me entregou. Completou a sua xícara e misturou a água com uma que já estava com a etiqueta dissolvida.
O bebê dava voltas na mesa com uma fita usada na mão, mastigando e chupando o caldinho que saía dela.

Papel Reciclado

O vendedor da papelaria disse que já há alguns anos todos os cadernos em branco são feitos com papel reciclado. Papel novo não é mais produzido.

Na minha pré-escola havia um baú cheio de cadernos em branco feitos com papel novo. A capa era uma folha roxa colada escrita journal e as folhas eram metade pautadas e metade brancas. Deveríamos escrever os nossos nomes na capa e escrever e desenhar o que quiséssemos dentro. A maioria descrevia o dia anterior e desenhava pessoas e árvores.

Podíamos pegar cadernos novos, mesmo sem terminar o anterior. Não precisávamos mostrá-los a ninguém. Ficavam guardados nas nossas prateleiras e, no final do ano, os que não eram levados para casa deveriam ser colocados no baú azul para serem reciclados. Na época eles voltariam como caixas, envelopes ou papel toalha.

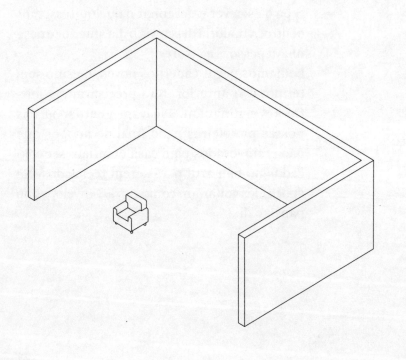

Performance 1

O cenário era uma sala sem teto e sem uma das paredes para que quem passasse visse o que acontecia dentro.
Ela ficava sentada numa poltrona, virada para o público. Eu ficava em pé atrás.
O ambiente deveria ser de concreto, mas por limitações da galeria foi feito em bloco com um revestimento cimentado imitando concreto.
A poltrona dela era de couro verde. Eu usava um collant masculino preto.
Ela dizia pliê, pliê, convulsiona.
Eu fazia um pliê, dois pliês e simulava uma convulsão. Repetíamos duas vezes aí ela gritava Eduardo! Eu quero uma coreografia de impacto!
Eu corro e me lanço contra a parede.
Voltava para a posição inicial e começávamos de novo.
Pliê, pliê, convulsiona.

Pedra no Ônibus

Quando o ônibus passou embaixo do viaduto alguém jogou uma pedra lá de cima que estilhaçou a janela atrás do motorista. A moça sentada ali ficou em choque olhando fixo para o corredor. Estávamos numa rodovia no meio da serra entre uma cidade e outra. O motorista achou melhor não parar ali então andou mais um pouco e parou em um posto.
A moça chorava mas não estava machucada.
Os outros passageiros levantaram e começaram a descer. A maioria a abraçava quando passava por ela.
Eu estava do outro lado. A pedra estava embaixo do banco na minha frente.
Alguém passou por mim e tirou um caco de vidro do meu ombro. Sorri.
Guardei a pedra na mochila e desci.
Quando a moça desceu os outros passageiros a aplaudiram.
Me afastei do grupo em direção à floresta.
Tirei a pedra da mochila e a coloquei do lado de outra pedra perto de uma árvore.
Ficamos na beira da estrada esperando algum outro ônibus chegar.

Pirâmide

Assim que deitei na grama os doze homens se aproximaram.
Seis formaram um círculo em torno de mim. Os outros seis subiram, ficaram em pé nos ombros dos primeiros seis e formaram uma pirâmide em cima de mim.
Nenhum me encarava.
Algumas pessoas no parque pararam para assistir.
Cruzei os braços no meu peito e não me mexi.
Ficamos assim.
Os de cima sentaram nos ombros dos de baixo.
Os de baixo se afastaram uns dos outros e saíram andando.
Levantei.
Já distantes, os que estavam nos ombros desceram, se despediram dos de baixo e seguiram caminhos diferentes.

Faxina

Faço faxina no meu apartamento quando a janela fica empoeirada e atrapalha a entrada de luz. A falta de pingadeira no topo faz a poeira da fachada escorrer e respingar no vidro.
Começo pela sala.
Tiro tudo e coloco no quarto.
Tenho móveis instáveis que exigem cuidado na movimentação.
Passo um pano no chão e limpo os vidros.
Volto com os móveis e objetos, um a um, tirando o pó. Depois limpo o quarto da mesma forma, colocando os móveis e objetos na cozinha, com exceção da cama e do armário que eu só arrasto para o lado e depois de volta para o lugar.
Troco a roupa de cama.
Aí o banheiro e a cozinha.
Gosto de produtos de limpeza com aspersor.
Esguicho o produto nas paredes do banheiro e no piso.
Enquanto ele age faço o mesmo na cozinha.

A luz da cozinha continua queimada. O problema é no bocal da lâmpada. Troquei de plano de saúde recentemente então preciso esperar vencer a carência para arrumar isso. O risco de choque é grande.
Volto para o banheiro e enxáguo. Volto para a cozinha e enxáguo.
Uso luvas.
Arrumo a geladeira. Separo as comidas por refeições. Café da manhã na prateleira de cima, jantar na prateleira do meio e potes vazios na prateleira de baixo e na gaveta. Na porta ficam as bebidas e temperos.
Por último espalho desumidificadores de ar novos pelos ambientes. Para abri-los deve-se tirar a tampa de plástico e remover o papel prateado sem danificar o filtro que fica logo abaixo. Coloco um embaixo da cama, um dentro do armário, um embaixo da estante e um atrás do sofá.
Sempre compro os sem cheiro.

Bolinhas

Me mudei para o centro com a expectativa de me tornar mais interessante. Dali para frente tomaria vinho toda noite numa sala iluminada por um abajur e me dedicaria à uma vida social criada em festas onde os garotos passam purpurina nos olhos e conversam sobre política.
Fiz a mudança no sábado de manhã.
Contratei uma empresa que embrulha os móveis em plástico bolha e disponibiliza caixas personalizadas para o resto das coisas.
Chegamos.
Não ajudei a descarregar porque estava distraído por uma banheira que alguém deixou na calçada. Ela me serviria como uma poltrona na sala então a levei para cima.
Passei um pano no apartamento e na banheira. Quando tem muito pó o melhor jeito é colocar o pano numa vassoura e varrer.

Finalmente sentei na banheira.
Durante a tarde fiquei olhando o céu pela única janela e dormi.
Comprei um saco de bolinhas coloridas e enchi a banheira. Posicionei algumas ao redor dos pezinhos simulando um transbordo.
Naquela noite abri uma garrafa de vinho, liguei o abajur, passei purpurina roxa nos olhos e afundei na banheira.
O primeiro fôlego durou três horas.
Os períodos aumentaram até chegar a passar dezoito horas afundado nas bolinhas.
Quando completei um mês sem sair de casa, encomendei bolinhas suficientes para encher o apartamento até o teto.
Fiz duas compras. Não é uma conta simples.

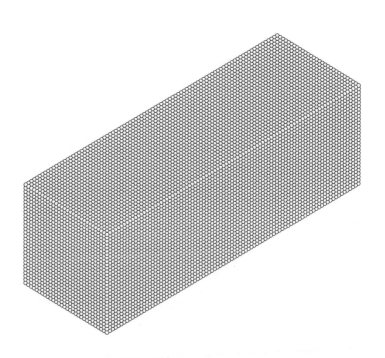

Caneca

Ela ia viajar e disse para eu escolher alguma coisa para me trazer.
Pedi que ela me trouxesse uma caneca, uma caneca comum que explicaria para alguém que nunca viu uma caneca o que era uma caneca.
Ela voltou de viagem.
Me trouxe um copo de vidro.
Disse que seria uma oportunidade de mudar o que se entendia por caneca.

Francês

Encontrei na internet áudio aulas que ensinam a falar francês.
São vozes de um professor e dois alunos.
O professor começa dizendo que o método é eficaz e é utilizado com celebridades que precisam aprender a língua.
O importante é obter vocabulário.
Diz que um jornal fez uma pesquisa para apurar quantas palavras do idioma são realmente usadas cotidianamente e o resultado foi um número baixo.
As primeiras aulas são sobre negações e pedidos de desculpa. Nelas um aluno é bom e o outro não.
Gravei os arquivos no celular.
Ouço no caminho e no trabalho.
No caminho eu treino a pronúncia na minha cabeça e no trabalho eu treino secretamente na copa.

Nostalgia

Minha avó mora em uma cidade pequena.
Ela morava em uma casa, mas vendeu a casa e se mudou para um apartamento na mesma rua.
Desde sempre eu passava férias na casa. Ela era grande e tinha no fundo um quintal cimentado com uma bica e algumas lagartixas. Para além do muro do quintal, um terreno com mangueiras.
A casa passou a ter portas demais para trancar depois que o meu avô morreu e por isso ela se mudou para um apartamento.
Os novos donos da casa construíram dois quartos no quintal e conseguiram derrubar a mangueira porque as mangas fazem barulho quando caem no telhado. Transformaram o banheiro grande do corredor, por onde alguém entrou uma vez, se cortou e deixou marcas de sangue pela casa toda, em um menor e um lavabo.
Também emendaram a copa e a cozinha e nunca me deixaram visitar.

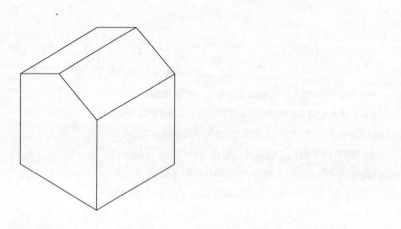

Incêndio

Vimos a fumaça mas só acreditamos quando apareceu no jornal. A fábrica de macarrão perto de casa estava em chamas. Produziam, vendiam e serviam. Costumávamos jantar lá aos sábados. Eu sempre pedia uma lasanha que era grande demais para mim, mas vinha numa travessa individual que era colocada sobre o prato. Comia tudo para ser levado lá novamente.
Eu e o meu pai fomos assistir.
A fábrica ficava isolada no meio de um estacionamento. Era um cubo de três andares com um telhado triangular. Já queimava por inteiro quando chegamos. As pessoas que assistiam gritavam quando estalava ou caía um pedaço.
Os bombeiros desistiram de apagar o fogo. Partiram.
Meu pai quis ir embora quando soubemos que alguns morreram na explosão inicial. Eu quis ficar. Levei uma bronca e voltei para casa no banco de trás.
Subi correndo e me tranquei no quarto.
Cobri o meu rosto com a minha camiseta que tinha o cheiro da fumaça e dancei sem tirar os pés do lugar.

Escoteiro

Alguns acampamentos oferecem um curso sobre sobrevivência na floresta. São orientações do que fazer caso se perca ou encontre um urso. Caso se perca, utilize objetos metálicos para refletir a luz do sol e sinalizar o seu local para uma possível equipe de resgate. Permaneça no lugar, perto de uma árvore. Se precisar, deve abraçá-la. Para dormir, fure o fundo de um saco de lixo e vista-o para manter o calor do corpo. Caso encontre um urso, deite de barriga para baixo no chão, proteja o pescoço com as duas mãos e se finja de morto. O urso irá te cheirar, mexer em você, mas deverá perder o interesse.
Hoje passei hidratante nas mãos mas não adiantou.
Juntei um punhado de clipes e fui até a janela. Abri a mão em direção ao sol.
Repeti isso de hora em hora procurando alguém em alguma janela dos prédios vizinhos.
Abracei o pilar que fica no canto da sala e sentei na poltrona perto. Almocei sozinho.
Ouvi a porta do elevador abrindo e depois a chave no trinco.
Deitei de barriga para baixo no chão e cobri o pescoço com as mãos.

Máquina de Chiclete

Fiquei encarando o espaço entre as duas máquinas até minha vista relaxar e fundir as duas imagens. Uma de chiclete e uma de bolinhas que pulam.
Ando com moedas mas só usaria uma.
Depois de colocar a moeda e girar a manivela, o chiclete e a bolinha ainda percorrem uma espiral até cair no espaço embaixo onde são retirados levantando uma tampa.
No percurso do chiclete havia um pedaço de algum que quebrou. Eu só usaria a bolinha que pula quando chegasse em casa.
Sempre pego o chiclete.
Tentei o truque de girar devagar e não funcionou.

Provador

Descia a escada rolante de olhos fechados imaginando estar com os braços abertos.
Trabalhei por uns meses na loja que fica no final do corredor, depois da perfumaria. Era responsável pelo provador masculino. Entregava fichas com números iguais à quantidade de peças que as pessoas iam experimentar, buscava outros tamanhos no estoque, chamava vendedores no alto-falante, dobrava e colocava alfinetes nas pernas que precisavam ser reformadas.
Trabalhava vestindo roupas da loja com exceção dos sapatos.
Disse para uma mãe que não poderia entrar com o filho. Ela pediu para que ele experimentasse e saísse para ela ver. Ele não saiu.
Lembrei de quando comprava roupas com a minha mãe. Íamos em lojas de departamento

porque não gosto de vendedores me abordando.
Fazíamos compras grandes por estação. Eu não gostava de estampas e ela sempre quis me ver de camisas de botão e jaquetas jeans. Uma vez, enquanto esperava na fila, ela saiu e voltou com uma calça de pijama listrada. Disse que eu precisava de algo assim para ficar em casa. Ainda tenho a calça. Ela tem um cadarço na cintura em vez de elástico. Fica mais solta no corpo.
Entreguei um número um para um rapaz com uma camiseta. Reparei por baixo da cortina que ele tirou o sapato, a meia e a calça. O próximo da fila olhava fixamente para o seu calcanhar. Estava com a mãe.
Chamei uma vendedora no alto-falante.
Pedi para que ela mostrasse à mãe onde era a seção de calças listradas.

Turbulência

As malas do meu voo seriam descarregadas na outra plataforma.
Andei até lá sem pressa.
Os lanches da companhia eram bons e recebemos um estojo de alumínio com acessórios.
Eu vim sentado do lado de um homem que enquanto todos dormiam lambeu a mão da moça da frente que estava com elas jogadas para trás e de um que pediu para acordá-lo quando passassem servindo qualquer coisa. Passou o dia em reunião.
Pegamos muita turbulência na chegada.
Alguns maleiros abriram e pessoas gritavam cada vez que todos eram sacudidos e levantados dos assentos.
O aeroporto é perto do mar.

Sentei num banco e esperei a minha mala aparecer na esteira.
Na viagem só comprei ímãs.
Uma mulher que gritou no voo pegou a mala e saiu correndo puxando a filha.
Um dos homens do meu lado só viaja com bagagem de mão então não estava ali.
Já era madrugada.
Minha mala apareceu na esteira.
Ela circulou algumas vezes até o movimento em volta diminuir e eu levantar para pegá-la.
Ainda teria que chamar um táxi e eu não vou encontrar o meu apartamento arrumado.
Passeei pelas lojas, comprei um óculos e comi pizza na praça de alimentação.
Esperei amanhecer para ir pra casa.

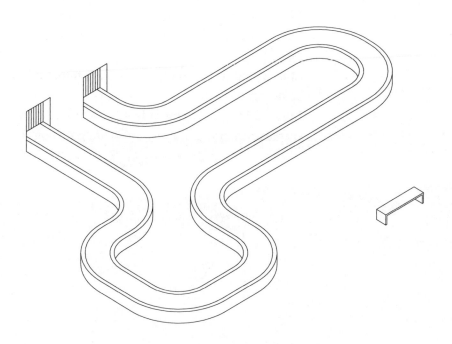

Dominação

Anoiteceu quente.
O porteiro já estava avisado então me deixou subir sem interfonar.
Entrei no apartamento e sentei na poltrona. Os gatos continuaram no sofá.
Na mesinha ao lado havia um copo com água e um prato de macarrão.
Eu vinha aqui quatro vezes por semana.
Ele estava em posição. De costas para mim com as mãos encostadas na parede. Vestia roupas de esqui.
Mandei endireitar o corpo e abrir um pouco mais as pernas. Suava.
Liguei a TV e assisti metade de um filme. Peguei na parte em que a moça volta ao bar para pagar a

conta. Na noite anterior a franja cobria metade do seu rosto. Depois ela vai embora com um cara e a garçonete fica observando pela veneziana.
Terminei o macarrão e desliguei a TV.
Avisei que hoje ele não usaria o cone de cachorro no pescoço.
Mandei abaixar a calça até a metade da coxa.
A janela estava aberta. Dava para ouvir gente conversando na varanda de outro apartamento. Girei na poltrona. Costas no assento e pernas para cima no encosto. Fiquei mais uma hora e fui embora a tempo de pegar o metrô.
Encontrei conhecidos na praça perto de casa e tomei uma cerveja. Conversavam sobre uma peça e estavam cansados daquele lugar.

Saída

Saio do metrô pela saída do outro lado da avenida.
Depois das catracas viro à esquerda e o túnel que leva até lá tem um vento constante vindo na direção contrária.
Estou sempre com alguma peça de roupa solta na mão porque roupas masculinas têm pouco movimento e o meu cabelo é curto.
Finjo que reconheci alguém, giro e olho para trás.
Continuo o giro e volto para frente.
Depois de alguns passos, repito.
Subo imóvel pela escada rolante.
O vento só termina quando chego na avenida.

Pedra dos Suicídios

Ela costurou elásticos na parte de trás do meu chinelo. Quando corremos até a varanda eles não saíram do pé.
O moço na rádio avisou que alguém estava na pedra, pensando em pular.
A cidade fica num vale e aqui não venta.
A pedra é o ponto mais alto dos morros ao redor.
Da varanda vimos a menina. Andou até perto da borda e sentou.
Acompanhávamos a narração do radialista.
Agora vai, agora vai, não foi.
A cidade inteira acompanhava.
Não era a primeira vez que isso acontecia, mas ainda não passava despercebido.
Me debrucei no guarda-corpo e apoiei o queixo nos braços cruzados.
Ela balançava os braços no ar, colocava as mãos na cabeça, agachava e levantava.
O sino da igreja tocava sem parar e alguns soltavam rojões que faziam os cachorros latirem.
A menina estudava comigo no colégio. Tinha uns nove anos e subiu o morro numa motinha com franjas coloridas no guidão.
Ano passado pedi para os meus pais uma igual de aniversário e não ganhei.

Coração de Boi

Passei férias com ele na fazenda da sua família no sul. Criavam gado.
Assim que chegamos fomos caminhar.
Ele rasgou o shorts quando passamos pelo arame farpado. Eu também estava de shorts.
Entramos no abatedouro e ele pediu que eu tirasse uma foto sua pendurado num dos ganchos ao lado de uma carcaça.
Entramos no frigorífico e as peças de carne estavam distribuídas numa mesa. Os corações estavam num balde. Pegou um.
Voltamos para a casa.
Ele costurou as saídas do coração prendendo o ar dentro e me deu. Fazia isso quando era criança.
Sentamos num degrau com canecas de café e ficamos esfregando nossos pés no piso de pedra.

Furacão

Era verão. Fazia frio mas fui pra praia.
O furacão estava previsto para passar por volta das dez. Passaria reto pelo horizonte em direção ao norte onde sairia do mar e destruiria uma cidade inteira.
Tirei a roupa e sentei nos meus chinelos perto de um grupo sentado em cadeiras listradas.
Abri uma cerveja e arranquei o anel da lata.
Coloquei-o embaixo do braço.
Um cachorro se aproximou e sentou ao meu lado.
O dono gritou mas ele continuou ali.
Tive a impressão de que as ondas vinham com mais frequência. A moça do lado disse que não.
Um cara caminhava arrastando os pés na areia.
O vento aumentou e derrubou um guarda-sol.
O céu escureceu.
O furacão surgiu distante na paisagem.
Se movia devagar para a esquerda.

Insônia

Cochilei por volta das quatro e meia e acordei à meia-noite.
Li um pouco.
Pensei num jantar em outro apartamento com o cara de óculos buscando algum sofrimento que me colocasse para dormir. Estava com dor nas costas.
Água pingava no banheiro.
Levantei e girei a torneira da pia e do chuveiro repetindo anti-horário abre, horário fecha.
Ainda pingava.
Acendi a luz e vi que o que pingava era a água acumulada ao lado da torneira que transbordava a cavidade do sabonete e caía no chão. Enxuguei e voltei pra cama.
Coloquei as pernas para cima na parede e abri deixando o peso alongar minhas coxas.
Peguei o livro e li uma página.

Ouvi dizer que ele tinha uma tatuagem nova.
Levantei e encarei os meus dentes no espelho.
O neon do prédio vizinho os deixava azuis.
Desliguei a internet e depois o celular.
Enchi um copo de vinho e fui para a janela ao lado da minha mesa.
A sala estava menor do que ontem. A parede recua um pouco todo dia. Agora andou um palmo.
Afastei um par de sapatos que ainda tinham o glitter daquela festa. Passei nanquim no mamilo e carimbei um percurso na quina da sala conectando a janela à foto enquadrada que ele me deu.
Os meus órgãos começaram a se rearranjar se preparando para o dia. Não deveria perceber, mas estava acordado.
Coloquei a cúpula do abajur na cabeça e sentei no chão.
Puxei o cobertor que estava no sofá e dormi.

Moedor de Carne

O moedor de carne deveria ser bonito, manual e fazer barulho.
Procurei bastante por um antigo mas comprei um novo.
Fica no aparador da sala sobre uma base quadrada de madeira.
Eventualmente sento no sofá com ele no colo e giro a manivela.
Tenho uma imagem dele na carteira e outra no mural do escritório.

Gravidade

Hoje era o dia no colégio em que deveríamos levar alguma coisa para compartilhar com os outros da classe.
Na minha vez eu disse que vi na televisão uma competição de levantamento de peso e que a maioria dos competidores levantaram mais que o próprio peso.
Eu fiz um teste e levantei bem menos, mas praticaria e um dia conseguiria me carregar e voar.
O professor me olhou, agradeceu e pediu para eu me sentar.
A próxima aluna foi para a frente e gritou que coisas estavam caindo do céu.
Tirou uma pedra debaixo da blusa e disse que isso caiu do céu.
O professor perguntou onde tinha encontrado a pedra e ela respondeu que a mãe dela lhe deu quando pediu ajuda para escolher o que levar para apresentar.
Ela entregou a pedra para o primeiro da primeira fila e ele a passaria adiante para que todos pudessem vê-la.

Leitor Voraz

Peguei o metrô em direção à rodoviária.
Fiz o percurso sem segurar nas barras. O joelho flexionado ajuda a manter o equilíbrio.
Essa linha tem um trecho na superfície. Chovia então a velocidade era reduzida e os tempos de parada maiores.
Ele estava sentado lendo um livro. O cabelo dele era encaracolado, mas me interessei pelo seu fone de ouvido sem fio.
O horóscopo na tela do vagão disse que contratos e acordos poderiam demorar mais que o esperado e que eu deveria usar cinza.
Estava de cinza.
Ele percorreu a página inteira, pegou na ponta de cima, arrancou a folha e a comeu sem mudar a inclinação da cabeça.
O bebê que também o observava não reagiu.
Emergimos.
Atravessamos o rio e na segunda estação eu desci.

Garrafas com Concreto

Quando voltei do trabalho o porteiro entregou a minha chave e a do apartamento 36. Disse que eu ficaria sem água no meu durante o fim de semana porque a obra no shaft do banheiro que deveria estar pronta não ficou. Usaria o banheiro do 36, que estava para alugar.
Ouvia pessoas conversando, mas nunca visitei outros andares do meu prédio.
Coloquei a toalha, sabonete e shampoo numa bolsa e subi pela escada.
O hall do andar de cima era parecido com o meu. Um corredor com um guarda-corpo do lado direito e as portas do lado esquerdo.
Ao lado da porta do 35 havia uma garrafa de vinho cheia de concreto ainda molhado.
Tomei banho e desci.
Por volta das duas da manhã a garrafa no andar de cima explodiu.
Amanheceu.
Acordei com o barulho de um aspirador.
Coloquei as coisas na bolsa e subi.

O hall estava limpo.
Escovei os dentes e tomei um banho. Fui até a janela para ver se a luz nesse apartamento era melhor que a do meu e se o viaduto fazia menos barulho aqui.
Passei o dia fora.
Voltei por volta das onze e do lado da minha porta havia uma garrafa de vinho cheia de concreto ainda molhado.
Era a minha vez.
Por volta das duas da manhã abri a porta e aproximei o rosto da garrafa. Boca e olhos abertos. Contei até vinte e recuei. Fechei a porta e dormi.
A minha explodiu lá pelas cinco.
Acordei de novo com o barulho do aspirador.
Subi e desci. Halls vazios.
Tomei café na padaria.
Voltei e esperei o domingo passar.
À noite, depois do banho, enchi uma garrafa de concreto e a deixei ao lado da porta do 58.

Nasceu Miranda

O moço na minha frente na fila nasceu mulher. Aos dezesseis anos era modelo em outra cidade. Os pais eram artistas com temas bem diferentes. Mudou de sexo naturalmente e achava que algumas pessoas que o conheciam não perceberam. Virou e disse que pegaria outro suco e pediu que eu guardasse o seu lugar na fila.
Deixou a cestinha no chão e saiu.
Me distraí com uma mulher que batia em um caixa eletrônico ordenando que ele lhe desse o seu dinheiro. Quando ela quebrou a tela com uma garrafa de refrigerante o segurança do supermercado resolveu intervir.
A fila andou e chegou a vez dele.
Troquei nossas cestinhas, avisei a moça atrás de mim que talvez alguém voltaria, passei as compras, agora minhas, e fui embora.

Logística

Estava na casa dele. Comemos pizza e tomamos vinho sentados na mesa.
Durante o jantar expliquei para o seu filho como era o meu cotidiano. O filho estava de castigo porque dormiu demais e foi para o quarto.
Era o nosso terceiro encontro.
Dessa vez me mostrou os objetos na estante e disse que trocaria as poltronas da sala e por isso teria que aumentar a mesa de centro. As cortinas estavam fechadas.
Sentamos no sofá e ficamos prestando atenção no barulho que a cantora do andar de cima fazia quando andava pelo apartamento. Uma vez se cruzaram no elevador e ela estava com uma bolsa toda rasgada.
Um carro freou na rua mas não teve batida.
Dormimos vendo TV. Acordamos e fomos para o quarto. A cama era alta.
No dia seguinte ele viajou.
Quando chegou lá me mandou uma mensagem dizendo que eu deveria usar roupas mais claras e menos perfume. Disse que eu não precisava devolver a cueca e a camiseta que me emprestou, mas que nós poderíamos ir ao cinema quando ele voltasse.

Pernas Corrompidas

Dormi no sofá sem escovar os dentes nem tirar a lente.
Acordo com o sol na cara e sem saber andar.
Sonhei que não tinha pernas.
Sinto minhas pernas, consigo mexê-las, mas não tenho a organização de formar o conjunto necessário de ações para andar.
Meus olhos e boca não reagem às situações, mas já estou acostumado a simular expressões quando preciso.

Banheiro

Peguei a cerveja que deixei na prateleira e não dei descarga. Saímos quase ao mesmo tempo de nossas cabines. Ele já estava na dele quando entrei no banheiro.
Estávamos lado a lado nas pias.
Eu já reparei nele antes. Era da minha altura e estava sempre fumando no topo da escadaria. Os pés em degraus diferentes.
Só eu lavei a mão. Ele ficou parado se encarando no espelho.
Demorei um pouco mais.
Ele continuou se encarando.
Terminei mas fiquei ali.
Ele juntou os dedos no bigode. Lambeu, um a um. Apoiou as mãos na bancada e começou a murmurar numa velocidade reduzida a música que tocava no bar.
Me aproximei para ouvir melhor.
Olhei para o espelho mas nossos olhares não se cruzaram.
Fiquei com o rosto a pouco do dele.
Ele não se mexeu.
Engoliu e saiu.

Torre

Quero ser como ele. Ele mora numa torre que ele próprio construiu.

O terreno fica bem no meio da quadra. Oito casas de cada lado.

A torre tem quatro andares com a planta quadrada. Um ambiente por andar. De baixo para cima: cozinha, sala, banheiro, quarto. Ele tem uma geladeira no quarto porque tem preguiça de descer até a cozinha. Uma porta no quarto abre para fora onde há uma escada que leva até a cobertura. Na cobertura ele colocou uma cadeira e um abajur.

O resto do terreno é ocupado por plantas volumosas e coelhos. Do lado direito há uma caixa com lâmpadas fluorescentes que já estavam ali quando chegou.

Ele projetou a torre para a inscrever em um edital que promoveria iniciativas que refletissem sobre perdas e transformações. Ganhou o concurso.

Quis ser irônico com a sua inscrição.

Adivinha

Cheguei em silêncio por trás da mulher sentada no ponto de ônibus e tampei os seus olhos.
Pedi para que adivinhasse quem eu era.
Eu não a conhecia.
Ela levou um susto mas aceitou. Colocou as mãos sobre as minhas e começou a falar nomes de homens. Depois um de mulher.
Eu só dizia não.
Perguntei qual ônibus ela esperava e prometi que avisaria caso ele passasse.
Continuei tampando os seus olhos e pedi para que falasse como eu era.
Ela riu.
Apoiou as mãos sobre a bolsa e me descreveu.
Tirei as mãos e ela virou. Me apresentei. Ela acenou com a cabeça.
Pedi desculpas. Disse que eu a tinha confundido com outra pessoa e saí.

Osso

Ainda faltava meia hora para ele chegar mas eu já sentia os ossos do meu antebraço crescendo.
Sentia a pressão nos pulsos e cotovelos.
Para aquela música o sofrimento vem da tentativa de anular as sensações.
Potencializei a minha.
Identifiquei o que era e empurrei. Estava tão concentrado que o meu braço esquerdo estalou.
Fratura exposta.
O pessoal da livraria me tirou dali. Sangrava no carpete da seção de literatura estrangeira.
Não sei se ele apareceu, mas não podia encontrá-lo desse jeito.

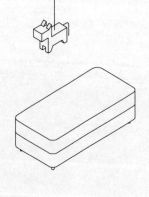

Piñata

Fiz uma piñata de papel machê.
O tronco é um galão de água, as pernas copos de plástico e a cabeça é uma caixa de leite.
Juntei tudo com fita crepe e revesti com jornal e cola aguada.
Depois de seco cobri com uma camada de papel toalha para formar um fundo mais fácil de pintar.
Pintei de branco.
Não coloquei recompensa dentro.
Fiz um furo no teto para um gancho e a pendurei no meu quarto.
O taco fica embaixo da minha cama.

Jogo

Abri as matrioskas e alinhei as partes na mesa.
Estávamos comendo frutas secas, bebendo cerveja e esperando ele chegar.
Ele é médico. Mudou pra cá há alguns meses. Veio da mesma cidade que o outro.
Eu preciso de um café.
Fizemos panquecas e abrimos um vinho.
Ele chegou. Cumprimentou todos, tirou o casaco e sentou. Disse que estava cansado. De manhã costuma correr na avenida. Foi assim que eles se conheceram.
Coloquei uma taça de vinho na sua frente e expliquei os diferentes tipos de frutas que tínhamos. Ele tomou o vinho, comeu pêssegos e disse que odeia a cidade.
Apoiou as mãos na mesa na minha frente e explicou como se cultiva alho. Perguntei se tocava piano. Ele não me ouviu e continuou a falar.
O cachorro empurrava um livro que cairá da mesa de centro.
Me desafiei a pensar num jogo onde teríamos que enfiar a mão inteira uns dos outros na boca antes que o livro caísse. O vaso caiu.
Ele pediu que eu encaixasse as matrioskas.

Chave Quebrada

Enquanto procurávamos uma vaga no estacionamento resolvemos que simularíamos a morte de um de nós quando chegássemos em casa.
Seria a minha. Morreria enquanto dormia.
Acordei morto.
De manhã ele me abraçou e aí lembrou.
Não me mexi.
Ele me vestiu como combinamos e saiu para passear com o cachorro.
Ele precisaria sair do apartamento para entender o que tinha acontecido. Estaria em choque.
Aproveitou para ir ao mercado.
A campainha tocou e bateram na porta.
Levantei e abri porque a vizinha devolveria a furadeira hoje e tínhamos plantas para pendurar.
Era ele. A chave dele quebrou no trinco.
Perdeu o sentido então sentei para tomar café.
Dividimos o único pão que ele comprou, como combinado, e discutimos sobre para quem deveria avisar primeiro.
Disse que sofreu quando esqueceu do que precisava e não podia ligar porque eu estava morto.

Peras

Não queria mas fui.
Passei no mercado a caminho do seu apartamento e comprei peras. Tínhamos combinado que ele cozinharia e que conversaríamos durante o almoço.
O número que ele me passou estava errado.
Quando o confrontei ele disse que passou o endereço antigo sem querer, mas que costumava receber gente no seu outro apartamento.
Ele abriu a porta com o cotovelo porque estava com a mão cheia de farinha. Me ofereceu o antebraço como cumprimento. O segui até a cozinha.
Poderia ajudar picando as peras.
Lavei três e coloquei as outras nove na fruteira que fica ao lado da porta.
Perguntei se deveria tirar as partes machucadas e ele disse que não.
Coloquei as peras em pé e passei a faca nos lados.
Lambi o que sobrou sem ele ver e joguei fora.
As peras entram no final, não podem ficar muito tempo no fogo porque devem permanecer duras.
Sentamos.
Ele descansou a vista na lateral do meu rosto por alguns segundos. Colocou os óculos e perguntou por onde eu queria começar.

A porta abriu.
Ela chegou e foi direto para o quarto.
Ele parou de novo e ficou prestando atenção no barulho da janela abrindo e depois do armário.
Eu disse que entendia relacionamentos como algo gasoso com densidade variável.
Ele torceu o bigode para baixo e mordeu a ponta.
Ela ligou o chuveiro e a luz da sala piscou.
Comemos.
Ele perguntou o que eu achava da ausência de som.
Acenei.
Ela saiu do banho e atendeu o telefone. Era a amiga que ela encontraria no restaurante.
As peras ficaram tempo demais no molho e estavam bem macias.
Ele amassou algumas com o garfo e me olhou sorrindo.
Perguntei há quanto tempo morava nesse bairro, mas ele não pensava sobre isso.
Sentou na poltrona da sala e disse que me avisaria quando conversaríamos de novo.
Antes de sair perguntei se podia vir morar com ele e ele disse que não.

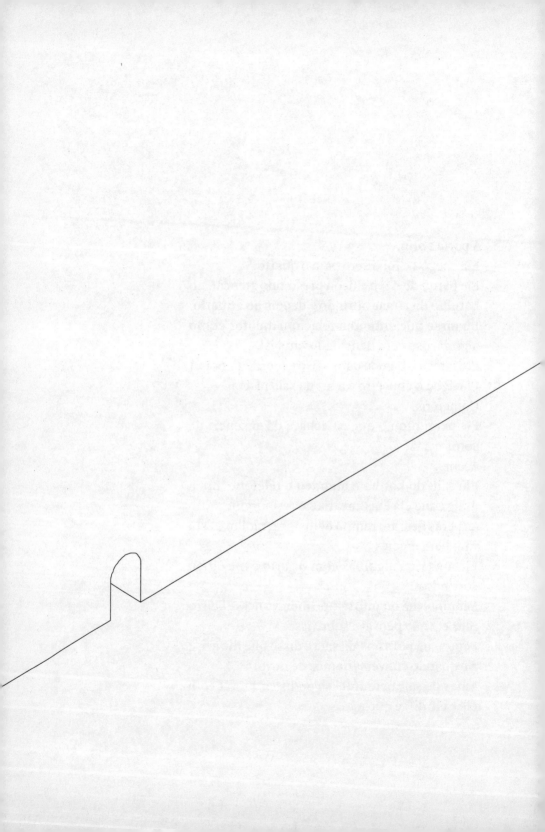

Túnel

Daqui só se vê a abertura do tamanho de uma
porta na face do volume branco.
Estávamos no bar do outro lado da rua.
Ela comprou um apartamento aqui perto.
A abertura é a ponta de um túnel que demora
cerca de vinte segundos para ser percorrido.

Exercício

Caminhei pela vizinhança. Ainda ficaria dois dias na cidade. Subi e desci a escadaria e a descida pareceu mais longa.
Voltei para o hotel.
O meu quarto é laranja e tem uma varanda.
Tirei a máquina do bolso lateral da mala, enchi um copo de vinho e fui para o banheiro cortar o cabelo.
Raspei as laterais e deixei a parte de cima tempo suficiente para ir ao mercado que fecharia daqui a pouco.
Cruzei com um grupo na rua e não olhei.
Comprei duas bananas, uma salada com frango e um suco.
Enquanto esperava na fila fiquei segurando a minha franja para o lado forçando contato visual com a atendente.
O recepcionista do hotel estava fumando na calçada e disse que choveria de madrugada.

Coloquei o que comprei na mesa e raspei o resto do meu cabelo.
Tomei um banho e usei o sabonete de canela.
Deitei na cama com o copo de vinho e liguei a TV.
Mudei o canal algumas vezes e dormi.
Acordei com o copo entornando ao meu lado.
Espalhei o vinho no lençol para formar uma mancha do meu tamanho.
O bom é que dessa vez ele não veio.
Levantei e fui ver a chuva. Ela caía reto então deixei as portas da varanda abertas.
Prestei atenção na TV.
Uma mulher estava na frente de várias crianças que deveriam repetir o que ela fazia.
Segui as orientações.
Posicionei a mão direita sobre o peito, a mão esquerda nas costas e deslizei as duas mãos para baixo até se encontrarem entre as pernas.

Paranoia

Deixei o pacote de pipoca no micro-ondas com o lado certo virado para cima e coloquei uma latinha de refrigerante no freezer.
Demora um dia para chegar.
Começa devagar, com uma ideia, um plano longo. Depois se espalha.
Dura pelo resto do dia.
Começou.
Liguei o micro-ondas e esperei os minutos.
Abri a pipoca e o refrigerante.
Sentei no sofá e prestei atenção.

Água Fervendo

Ele pediu para eu abrir a boca e perguntou se podia cuspir.
Disse que sim.
Rimos.
É porque uma vez ele cuspiu sem pedir e o outro brigou com ele e foi embora.
Ficamos juntos.
Enchi a panela com água para ferver.
Faria um café.
Também coloquei na mesma panela dois ovos para cozinhar.
Ele apareceu na cozinha.
Confirmou comigo os meus planos e pediu que eu fosse embora.

Casal

Cruzei com ele e uma moça de madrugada. Me cumprimentaram e conversamos um pouco.
Ela morava perto e ele pegaria um táxi para casa.
Deixamos ela em casa e fui embora com ele.
O táxi foi barato e o motorista reclamou que não tínhamos dinheiro trocado.
Entramos no prédio.
O seu apartamento ficava no térreo escondido por um jardim.
Descemos pela rampa para a garagem porque a luz de casa estava acesa. Não encontramos lugar então ele resolveu entrar.
Fui apresentado para o outro sem barba que ouvia música e bebia cerveja.
Não estão mais juntos, mas ainda moram.
São de outra cidade.

Os três tiraram as calças e continuamos conversando. Fumei e tomei água do filtro de barro.
O outro saiu para comprar cerveja.
Fomos para o quarto.
Quando chegou voltamos para a sala. Ele disse que tudo bem. Bebemos mais e dormimos. Eu com ele. O outro foi para o quarto ao lado.
Levantei e fui ao banheiro. O vaso era azul-claro, assim como a pia e a banheira. O piso combinava. A música ainda tocava na sala. Aproveitei para beber água e voltei para o quarto ao lado.
Deitei, levantei e bebi mais água.
Dormi no primeiro quarto.
Quando saí já era dia mas não apaguei a luz. Aproveitei para passar no supermercado que era ali perto.

Cerâmica

Fui de bicicleta e rasguei a calça na marcha. Não deu para ver porque a minha meia era da mesma cor da calça.
Eu a reconheci pelo vidro antes de entrar no café. A última vez que a vi foi quando ela se mudou para outro país de onde voltou há quatro anos.
Prendi a bicicleta no poste e entrei.
Ela tinha distribuído os potinhos de cerâmica pela mesa.
A mão dela tremia fazendo as pulseiras baterem umas nas outras. Não tem problema olhar.
Sentei e ela me explicou qual o significado das diferentes proporções entre a boca do pote e a profundidade. As cores não o afetavam.
Pedi um café e quando ele chegou ela pegou a xícara da minha mão.
A cerâmica que ela faz é muito diferente desta.

Entornou o meu café dentro de um dos potinhos e me entregou para beber.
Não esperava comentários.
Pediu que eu a ajudasse a levar tudo para cima, mas sairia logo em seguida.
Subimos.
Não entrava aqui desde então. A luz era a mesma.
Ela transformou o primeiro quarto em um viveiro com dezenas de passarinhos.
Colocou uma tela na janela e substituiu a porta azul por uma porta com tela.
Quando entra para cuidar alguns escapam.
Reparei que os cacos da garrafa ainda estavam amontoados no canto.
A segui pelo corredor com os potes na mão.
O quarto das cerâmicas é o depois do banheiro.

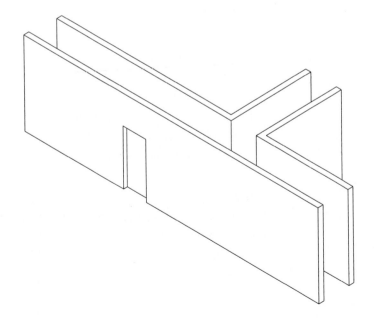

Ponte

Eu estava quase no meio da ponte. Nunca vim aqui e não havia conhecidos.

A ponte foi construída para conectar as duas avenidas que percorriam as margens do rio e assim facilitar o acesso a um dos lados.

O sistema estrutural era novo para a cidade e na inauguração a prefeita encheu a ponte de pessoas que ficaram de mãos dadas batendo os pés no chão enquanto ela discursava e cortava a fita.

As pessoas assistindo nas margens também deram as mãos e batiam os pés no chão.

Um homem veio correndo, me agarrou e nos jogou da ponte.

Caímos na água, eu depois dele.

Nadamos até a margem.

Ele ficou tossindo por causa do impacto.

Recuperamos o fôlego e ficamos deitados por um tempo.

Eu sei que falaremos sobre isso quando nos reencontrarmos depois de vários anos.

Volta

Ele disse que eu poderia voltar quando quisesse.
Quis agora e voltei.
Cheguei sem avisar e ele não estava lá. Desde que saí eu não tinha a chave.
Não quis ligar então sentei na calçada e esperei embaixo da árvore que foi podada porque o vizinho reclamou que as folhinhas que caíam dela eram difíceis de varrer.
Eu quebrei o braço de novo e ele ainda não sabia.
Também estava de sapatos novos.
Queria dar um susto.
Esperei por quatro horas e o meu gesso começou a coçar então fui embora.
Chamei um táxi que me levou até o aeroporto.
Cheguei no meu apartamento no fim da tarde do dia seguinte e telefonei.

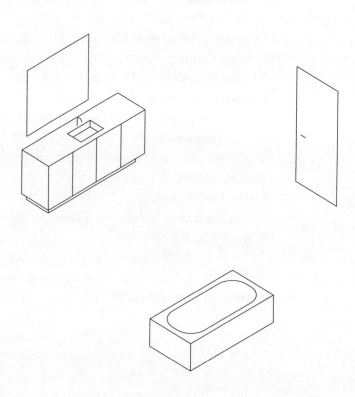

Espelho

Fui convidado por tabela para a festa.
Estava me esforçando.
Minha amiga me apresentou ao dono do apartamento que tinha certeza que já me viu antes.
Coloquei a cerveja na geladeira e cumprimentei as pessoas que estavam na cozinha.
Encostei na bancada.
Passei pela sala e depois perguntei onde ficava o banheiro.
Entrei, tranquei a porta e arrumei o cabelo.
Passei a mão nas bordas do espelho tentando abrir, mas não era este tipo de espelho.
Abri o armário embaixo da pia.
Destranquei a porta.
Empurrei as coisas que estavam no armário para o fundo, entrei e me fechei nele.
O dono do apartamento entrou no banheiro.
Conseguia ver sua calça pela fresta.
Ficou um tempo parado na frente do espelho.
Sentou na borda da banheira, colocou a taça e a garrafa no chão, apoiou a cabeça no joelho e acendeu um cigarro.

Cristais

A vendedora da loja de cristais explicou que os azuis eram para comunicação.
Eu gosto mais dos verticais.
Respondi que foi a moça da pousada que me indicou essa loja.
Elas se conheciam desde que uma se mudou para cá por opção. A maioria dos moradores não estavam ali por isso.
Um rapaz entrou na loja para devolver a cadeira que usou numa fotografia.
Perguntei se ele era daqui.
Disse que não, mas gosta de pensar que é. Fica triste quando a paisagem pega fogo.
Ofereceu um almoço.
Respondi que não estava com fome.
Quando levantei, o café da manhã já havia sido retirado porque ela se esqueceu de mim. Então para se desculpar, me ofereceu ovos.

Lâmpadas

Vimos na TV que quando as tartarugas nascem na praia elas instintivamente vão em direção ao mar atraídas pela luz da lua refletida na água.
Quando há uma cidade perto da praia elas costumam ir na direção contrária e acabam sendo atropeladas ou comidas.
Fomos trocar a lâmpada da cozinha por uma de luz quente. A luz fluorescente me dá sono.
Não desliguei a força do apartamento porque estava lavando roupa.
Ele colocou a chave de fenda e a lâmpada no bolso e subiu numa cadeira.
Eu sentei na mesa.
Tirou a fluorescente, a colocou no bolso e instalou a outra.
Luz acesa.
Enquanto ele encaixava a peça da luminária que cobria a lâmpada eu me encolhi em cima da mesa e fiquei completamente dentro da sombra que ele criava.

Piano

Faço aula de piano à noite, uma vez por semana, no centro.
O piano fica no hall do prédio então não podemos fazer barulho.
Quando chego o professor já está ali.
Nos cumprimentamos em silêncio, ele posiciona os meus dedos e indica o que devo fazer.
Sem apertar as teclas eu deslizo os dedos sobre elas e o professor sussurra no meu ouvido o que supostamente toco.
Quando erro ele me interrompe com o nariz, segura o meu braço e reposiciona minha mão.
Duas horas de aula.
Depois costumamos subir para tomar chá no seu apartamento.
Sento no sofá maior e o gato dele fica lambendo a minha orelha.

Areia Movediça

Ele preparava o almoço enquanto eu fiquei deitado no tapete. O incenso aceso durante a noite sujou o parapeito da janela.
A obra no prédio do outro lado da rua estava parada. Domingo.
Desliguei a música.
Ele tirou o que tinha em cima da mesa e colocou no chão. Trouxe os pratos servidos.
Sentamos na mesa para comer.
Às vezes ele me olhava e eu fingia que não percebia. Via suas pernas pela mesa de vidro.
Coloquei mais suco no copo e contei como se escapa de areia movediça. O maior erro é se debater. É preciso inclinar o tronco para frente e levantar as pernas, se colocando na horizontal. Aí é só se arrastar para fora. Ele agradeceu e lembrou que precisava tirar as plantas do terraço. Não aguentavam o sol.
Terminamos de comer e voltei para o tapete. Ele fez café e acendeu um cigarro na cadeira perto da janela. Tomei o meu café levantando o mínimo possível a cabeça do chão.
Ele disse fica. Eu disse não. Ele disse tá. Fui embora. Tinha papéis para arrumar.

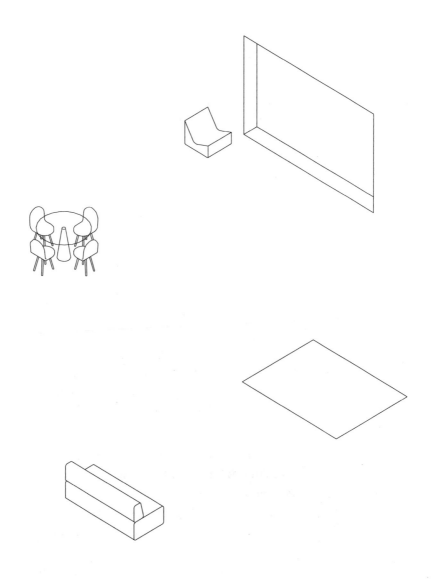

Neon

Uma oficina mecânica foi reformada e transformada em quartos para alugar.
Aluguei um.
Mantiveram o letreiro luminoso que dizia o nome do lugar e avisava que os hóspedes deveriam tocar a campainha no vizinho para que a porta abrisse.
Subi para o meu quarto seguindo a indicação do homem.
Passaria só uma noite.
A campainha voltou a funcionar. Conseguia ler o que estava escrito no letreiro pelo reflexo na vitrine do outro lado da rua.
Agora só dizia o nome do lugar e "volta".
O homem ficou conversando no celular por um tempo depois que escureceu.
Saiu de moto.
O letreiro deixava a rua toda vermelha mas aqui não era um bairro residencial.
Pedi comida chinesa.
Dormi na cama de cima do beliche.
Na saída o letreiro dizia "não precisa mais".

Almofadas

Fiquei na minha mesa durante o almoço.
Precisava encomendar duas almofadas para o meu sofá.
Estiquei um elástico até ele romper e parte dele bateu no capacete acústico instalado ontem.
Ficam pendurados e nós devemos entrar neles quando falamos ao telefone.
Uma consultoria disse que o nível de ruído no escritório estava alto demais.
Primeiro eles espalharam pedaços de espuma pelas mesas. Depois instalaram os capacetes que cortam completamente o som.
Minha perna ainda doía.
Fui imprensado por um carro numa festa há quase um mês.
Escolhi almofadas iguais. Cada uma ficará em um braço do sofá caso duas pessoas queiram sentar uma de frente para a outra.

Fim de Ano

Era eu, ele, um amigo e duas amigas.
Chovia então fomos para casa.
Fui andando atrás dele vendo o seu chinelo jogar lama nas suas pernas. Às vezes ele me deixava passar, mas eu não lembrava o caminho.
Era o último dia de praia e o primeiro do ano.
Quando chegamos na casa limpamos o sangue da menina que se matou e ele foi tomar banho.
Os outros começaram a preparar o jantar. Seria frango com batatas. Peguei um amendoim de um pacote aberto na mesa.
Entrei no banheiro assim que ele saiu. Tomei banho com a sunga dele enfiada na boca e usei o seu shampoo.
Sentamos na varanda.
A íris dele era grande e preta.
Ele desmaiou dias antes, bateu a cabeça no box e por isso não fumaria mais. Disse que me viu chorando na piscina hoje cedo.
Ainda chovia.
Os vizinhos pediram um rodo emprestado, o banheiro deles estava transbordando.

Rei

Cheguei no meu apartamento e já coloquei a minha coroa.
Não acordo cedo amanhã então peguei mais uma cerveja na geladeira e sentei de frente para a janela esperando o céu clarear.
No caminho para casa ouvi que não haveria mais festas na cidade.
Eu estava pronto.

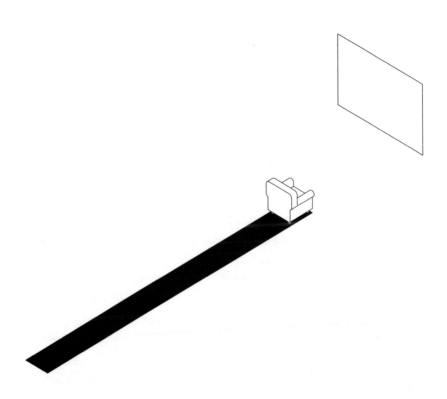

Barquinhos de Papel

Para fazer um barquinho de papel eu preciso de um pedaço de papel retangular.
Devo dobrá-lo ao meio e ao meio de novo.
A segunda dobra é só para vincar.
Agora eu trago as pontas para o meio formando dois triângulos.
Dobro os retângulos de baixo para cima na frente e no verso.
Aqui eu já tenho um chapéu.
Junto as duas pontas formando um losango e dobro essas pontas para cima dos dois lados.
Enfio os dedos em lugares certos e puxo para fora.
Enquanto faço isso empurro o meio para baixo.
Quando ele fica pronto, eu o coloco na água e deixo ir embora.

Raio-X

Nos conhecemos no terraço do seu apartamento.
Ele abriu a porta e pediu para eu adivinhar o que tinha na boca. Abriu um pouco e deixou cerveja escorrer. Disse que era cerveja. Entramos.
Tirou a meia e me mostrou o pé.
Levantou a camisa e passou a mão numa cicatriz na base das costelas.
Não conversa com a família há um tempo.
Duas semanas depois pediu uma radiografia da minha arcada dentária.
Fui ao dentista e enquanto ele me examinava fiquei o encarando no olho.
Ele desviava quando cruzávamos.
Pedi para levar a radiografia embora comigo e lhe entreguei.
Depois ele me devolveu um envelope com a radiografia da arcada dele sobreposta à minha na mesma chapa.
Pararemos de nos ver em alguns meses e ele mudará de país.
Todo ano, por volta dessa época ele me enviará uma radiografia atual da sua arcada, não sobreposta à minha.
Eu as guardarei no mesmo envelope da primeira.

Dor

Aqui não tem dor verdadeira.
Eu poderia dessa vez, mas não quero.

Copyright © Eduardo Lisboa, 2018
Copyright © Editora Humana Letra, 2018

Todos os direitos reservados.
Nenhuma parte desta obra pode ser reproduzida, arquivada ou transmitida de nenhuma forma ou por nenhum meio sem a permissão expressa e por escrito da Editora Humana Letra.

EDITOR José Carlos Honório
PROJETO GRÁFICO E CAPA Eduardo Lisboa e Mariana Silva
ILUSTRAÇÕES Eduardo Lisboa

Este livro segue as regras do Acordo Ortográfico da Língua Portuguesa (1990)

Dados Internacionais de Catalogação na Publicação (CIP)
Câmara Brasileira do Livro, SP, Brasil

Lisboa, Eduardo
    Moedor de carne / Eduardo Lisboa. -- São Paulo : Editora Humana Letra, 2018.

    ISBN 978-85-53065-00-4

    1. Contos brasileiros I. Título.

| 18-13762 | CDD-869.3 |

Índices para catálogo sistemático:
1. Contos : Literatura brasileira   869.3

1ª edição, Editora Humana Letra, 2018

EDITORA HUMANA LETRA
Rua Ingaí, 156, sala 2011 - Vila Prudente
São Paulo - SP   CEP 03132-080
11 2924 0825
editorahumanaletra@uol.com.br

Este livro foi composto na fonte Arnhem e
impresso em Papel Pólen 90g/m² pela
gráfica RR Donnelley em Março de 2018.